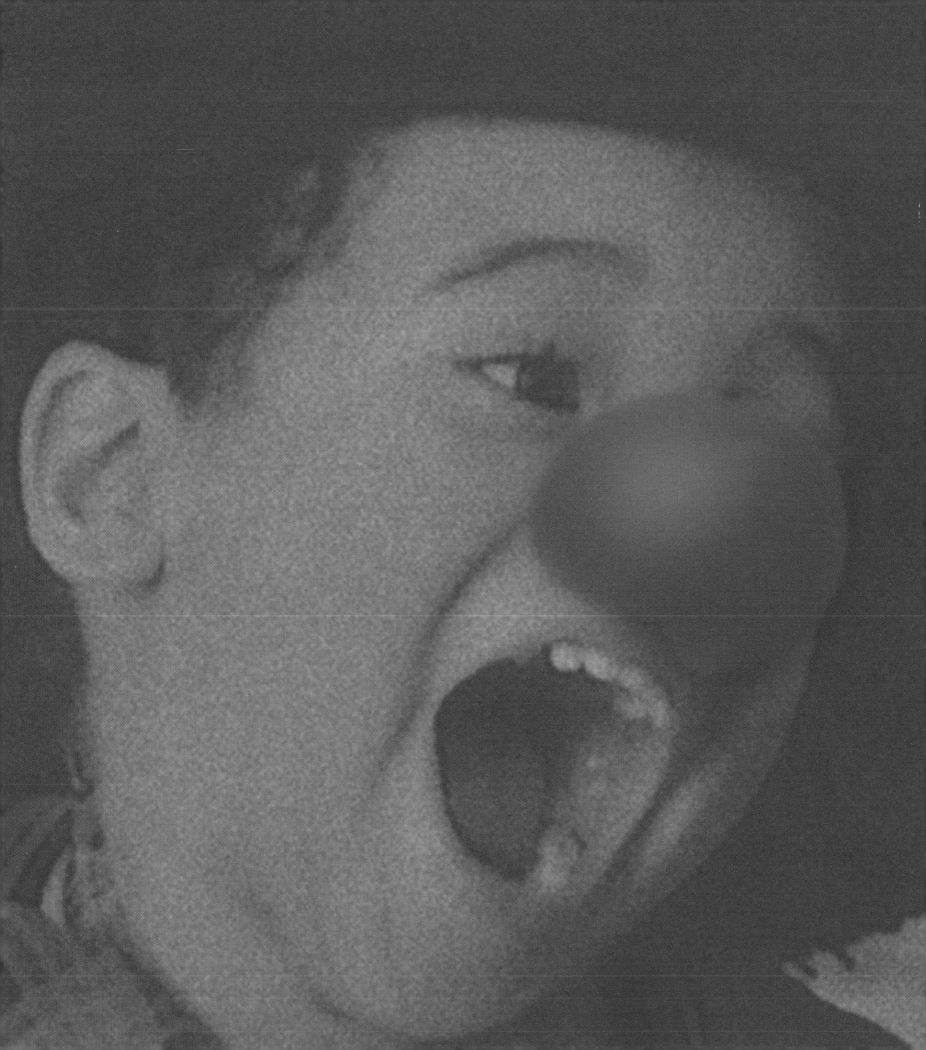

I love you because . . .

I love you because...

Text by Marsha Feltingoff

Photography by Marden Smith

Featuring the Soul Kidz™

SMITHMARK

This edition published in 1999 by SMITHMARK Publishers, a division of U.S. Media Holdings, Inc., 115 West 18th Street, New York, NY 10011.

SMITHMARK books are available for bulk purchase for sales promotion and premium use. For details write or call the manager of special sales, SMITHMARK Publishers, 115 West 18th Street, New York, NY 10011; 212-519-1300.

Printed in Hong Kong

10 9 8 7 6 5 4 3 2 1

Library of Congress Cataloging–in–Publication Data

Smith, Marden.
    I love you because— : featuring the Soul Kidz / text by Marsha
Feltingoff ; photography by Marden Smith.
        p.   cm.
    ISBN 0–7651–1054–7
    1. Afrc–American children—Portraits.   2. Portrait photography.
3. Smith, Marden.   I. Feltingoff, Marsha   II. Title.
TR681.C5S63   1999
779 .25—dc21   98–31165
                                                                        CIP

PROJECT DIRECTOR: Elizabeth Viscott Sullivan

EDITOR: Tricia Levi

DESIGNER: Kelly Holohan

PRODUCTION MANAGER: Rachel Cabrera

To Nikki, Leila, Case

and all my friends and family for

filling my life and heart with love, and

to all the children and staff that made

my Soul Kidz™ dream come true.

I love you because

you always know when to

say you're sorry.

I love you because

no matter how hectic life can get,

you always have time to show me

you love me.

I love you because

you always know what I need

to make me feel better.

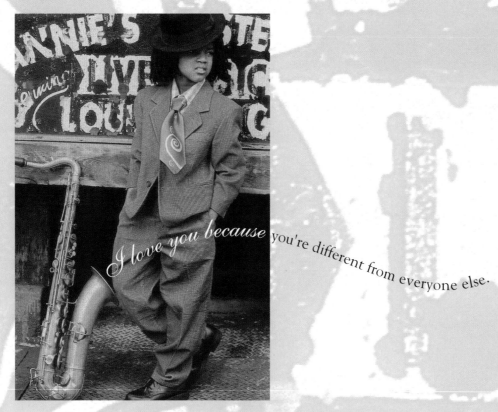

I love you because you're different from everyone else.

I love you because

you bring peace and

serenity into my life.

I love you because

you make every day so special.

I love you because

with you in my life, I'm never

alone.

I love you because

you're my cup of tea.

I love you because

you appreciate who I AM.

I love you because with you I can conquer the world.

I love you because you encourage me to reach for the stars

I love you because you're the most special person in my life.

I love you because you're never afraid to take a chance.

I love you because you make me look at life in a special way.

I love you because

you know how to have fun.

I love you because you share your favorite things with me.

I love you because

you're always behind me

with all your support.

I love you because

you know how to make me

I love you because you're so romantic.

I love you because

you're a great kisser.

I love you because

you let me grow from my own mistakes, even when it hurts.

I love you because

you lift me up when

I hit bottom.

I love you because when you hold me I feel so secure.

I love you because

you're so happy

when I'm happy.

I love you because

you're always there to help me.

I love you because you know good things are worth the wait.

I love you because you give me the confidence to be myself.

I love you because

when I think of you, my heart soars.

I love you because

I can always lean on you.

I love you because

you do so many things that make me feel GOOD.

I love you because you do nice things for other people.

I love you because you make me feel like I can do anything.

I love you because you never let on that you know I'm not perfect.

I love you because

you say so much to me

with a single glance.

I love you because you know how to appreciate   moments in life.

q u i e t

I love you because

you laugh at my jokes

even when they're not funny.

I love you because
you make everywhere we go such a sweet journey.

I love you because

you're not blind to my faults…you LOOK beyond them.

I love you because you're my special friend.

I love you because

no one knows me better than you do.

I love you because

you understand me

even when I don't understand myself.

I love you because

you don't try to reason with me when I'm being unreasonable.

I love you because you're always by my side when I need you to be.

I love you because

you're there for me when things go wrong.

I love you because you make the most of life.

I love you because

you let me have my own way even when

it's really hard for you.

I love you because

it's so easy to talk to you.

I love you because

you make loneliness a distant

memory.

I can always say what's on my mind

when I'm with you.

I love you because you give me good advice when I ask for it.

I love you because

even when we're far apart,

you're always in my heart

and on my mind.

I love you because you care about everyone.

I love you because you cherish all things God gives you.

I love you because you always come running whenever I need you.

I love you because you're so much fun to SURPRISE.

I love you because we look at life the same way.

I love you because

you know how to enjoy yourself.

I love you because we see ey**e**_{to}**e**ye on most things.

I love you because

you have your own style and it suits me fine.

I love you because

you accept me no matter what.

I love you because

you bring out the kid in me.

I love you because you know how to be a good friend.

I love you because

you never want to miss a good PARTY.

I love you because you'll always be young at heart.

I love you because you're so darn cute.

I love you because

you hurt with my hurts

and make me feel like I'm not

alone in this world.

H U GS.

I love you because you give great

I love you because   I can share all my secrets with you

and they remain secrets.

I love you because

you make everyone feel special.

I love you because

a kiss from you makes the hurt go away.

I love you because

you keep on going even when things are tough.

I love you because you tell me when to knock it off.

I love you because

you're the greatest friend.

I love you because you look out for me.

I love you because you drive me wild.

I love you because

you comfort me when I'm b L e
e
∩

I love you because you know when to take life easy.

I love you because

you make life one big party.

I love you because your kindness touches everyone you meet.

I love you because you're always there with a great big hug.

I love you because you look at life in your own special way.

I love you because your smile lights up my life.

I love you because you're such a character.

I love you because

you're always there just when I need you.

I love you because we share secret moments together.

I love you because

I don't even have to speak and you know what I'm

I love you because you make me feel like I shine as bright as the brightest star.

I love you because

you give me that little push when I need it.

I love you because we laugh at the same things.

I love you because

I can be myself when I'm with you.

I love you because

you make me take the time

to smell the roses.

I love you because you're never afraid of anything.

I love you because you give your love with no expectations.

I love you because

you're always there to help me with the smallest thing.

I love you because you make me feel better about myself, even when I've done something silly.

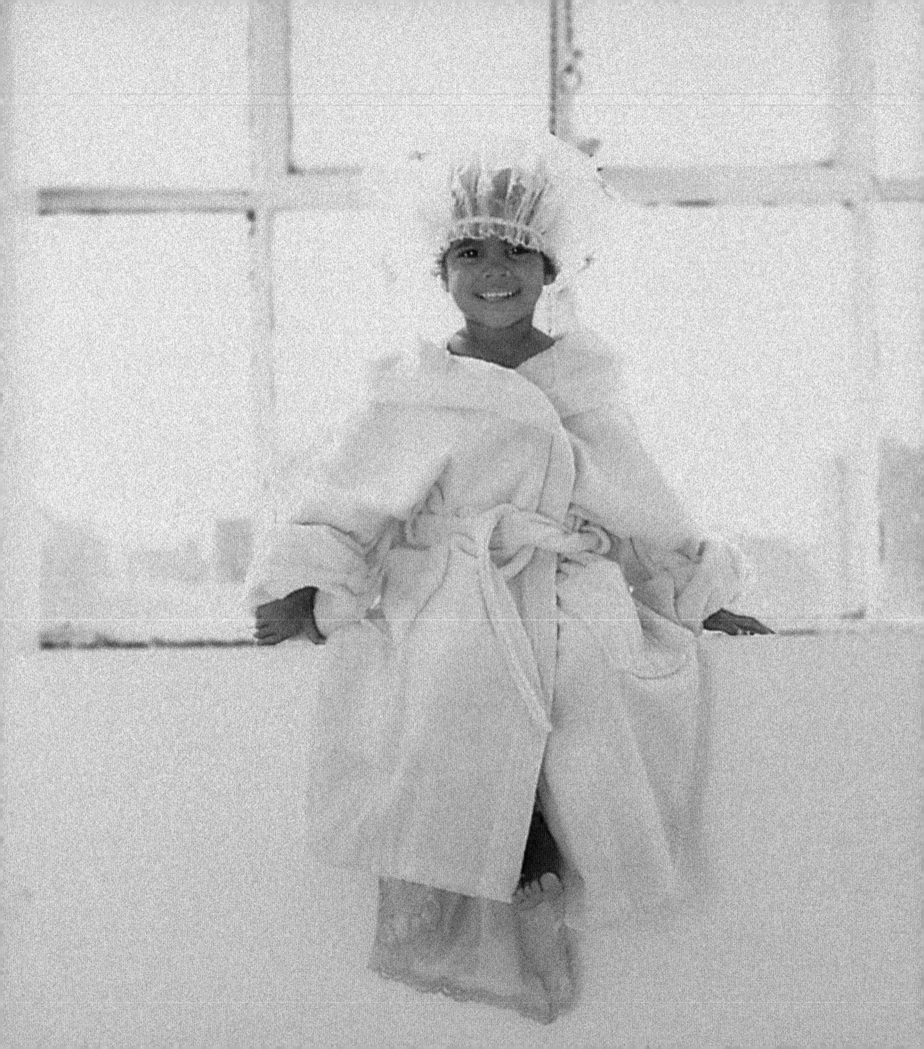

I love you because you have the

BIGGEST GRIN

on your face when I tell you good news.

I love you because when I'm with you time flies.

I love you because

your friendship is the music of my life.

I love you because when I'm confused, you encourage me to have faith in myself.

I love you because you help me see the humor in the bad times.

I love you because you experience each moment and believe in yourself.

I love you because when others judge me, you accept me totally.

I love you because you're not afraid to be tender.

I love you because you never try to change me.

I love you because I can trust you with my mistakes and my regrets.

I love you because

you always let new experiences into your life.

I love you because I can talk talk talk talk talk talk talk talk talk talk ta
lk talk talk talk talk talk talk talk talk talk talk talk talk talk talk talk ta
lk talk talk talk talk talk talk talk talk talk talk talk talk talk talk talk ta
lk talk talk talk talk talk talk talk talk talk talk talk talk talk talk talk ta
lk talk talk talk talk talk talk talk talk talk talk talk talk talk talk talk ta
lk talk talk talk talk talk talk talk talk talk talk talk talk talk talk talk ta
lk talk talk talk talk talk talk talk talk talk talk talk talk talk talk talk ta
lk talk talk talk talk talk talk talk talk talk talk talk talk talk talk talk ta
lk talk talk talk talk talk talk talk talk talk talk talk talk talk talk talk ta
lk talk talk talk talk talk talk talk talk talk talk talk talk talk talk talk ta
lk talk talk talk talk talk talk talk talk talk talk talk talk talk talk talk ta
lk talk talk talk talk talk talk talk talk talk talk to you for hours.

I love you because

you're patient with me when I make mistakes.

I love you because

you've seen my true self, warts and all,

and you still love me.

I love you because you're never too busy to be my friend.

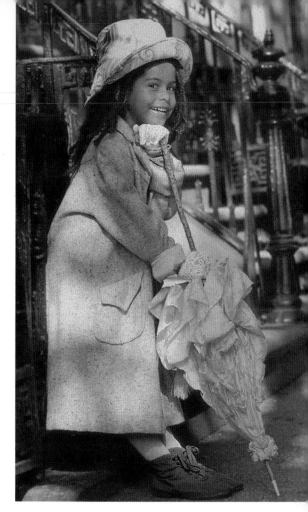

I love you because

you always take the time to make me feel worthwhile.

I love you because

you bring out the best in me.

I love you because

you're always my friend

come rain or come shine.

I love you because

I can tell you things that

I'd never tell anyone else.

I love you because you don't call me a party pooper even when I am one.

I love you because

you and I are what friendship is all about.

I love you because you've taught me how to appreciate myself.

I love you because

you captured my heart.